Gallimard Jeunesse - Giboulées sous la direction de Colline Faure-Poirée

ISBN : 2-07-057435-0
Dépôt légal : janvier 2005
Numéro d'édition : 16006
Loi n°49956 du 16 juillet 1949
sur les publications destinées à la jeunesse
Impression et reliure :
Pollina s.a., 85400 Luçon - n° L98746
Imprimé en France

Le Roi MagicMagic

Alex Sanders

Gallimard Jeunesse - Giboulées

Il était une fois, dans la magie de la nuit, un somptueux palais, niché sur un nuage.
Le Château des Mille Tours était celui d'un grand mage. Observez les cieux, bonnes gens, les nuits de lune pleine ! Mille petites étoiles brilleront dans vos yeux !
Abracadabra ! Abracadabra !

Hop ! Et voilà le Roi MagicMagic !
Un monarque fantastique !
Il régnait en son château une ambiance surnaturelle ! Fantasmagorique ! !
Avec sa fabuleuse baguette magique, il faisait des étincelles.
Il avait le pouvoir de faire apparaître, disparaître, et réapparaître tout ce qu'il voulait ! Un trésor ! Une pizza ! Des tourterelles ! Ou encore un bon gros mille-feuille à l'heure du thé.

La nuit venue, le roi des Magiciens descendait du ciel, majestueusement, sur un petit nuage. Il faisait le tour de tous les royaumes où rois et reines l'attendaient impatiemment ! Même le Roi DoDo restait éveillé pour être le premier à l'apercevoir scintiller dans le firmament. « Magic ! Magic ! » hurlait le Roi ZinZin surexcité et trépignant ! La Reine Jolie Jolie le trouvait ravissant sur son petit nuage.

« Que le spectacle commence ! »
s'exclama ce soir-là le Roi MagicMagic en brandissant sa baguette enchanteresse. Abracadabraaa ! Et hop ! La Reine Jolie Jolie se retrouvait avec un corps d'athlète ! Un corps de rêve ! Celui du Roi BoumBoum ! Quelle chance, il était lui-même transformé en Reine de Beauté !
Le Roi DouDou et le Roi DoDo…
Abracadahop !… en petits lutins !
Et le Roi ZinZin ? Il trouvait tout cela fou, fou, fou !

Tout à coup, le Roi MagicMagic
exigea le silence :
« Attention, ce numéro demande
la plus grande concentration ! »
Il fit tenir en équilibre sur la pointe
de son bec Sa Colossale Altesse
le Roi PipiCaca, tout en tenant
sur le fond de son chapeau la Reine
BoBo, sans lui faire de bobo ! C'était
renversant ! Abracadabrantesque !
Même le maussade Roi NonNon
esquissait un sourire et trouvait
ça génial.

Partout sur son chemin, le Roi MagicMagic semait la joie et la bonne humeur. Mais un jour funeste, il croisa le Roi MiamMiam qui n'avait pas franchement l'air au mieux de sa forme :
Que vous est-il donc arrivé, Majesté ? lui demanda-t-il.
Et le Roi MiamMiam de lui expliquer que Son Horrible Altesse la Reine VilaineVilaine, profitant de sa royale gourmandise, lui avait fait manger de maléfiques friandises.

D'un coup de baguette, le Roi MagicMagic lui rendit sa noble apparence. Et il en fit de même pour la Reine ChocoChoco et la Reine BonBon qui avaient elles aussi subi le même sort. Mais la Reine des Vilaines ne l'entendait point de la sorte et se mit très en colère. Elle s'en vint sournoisement pendant son sommeil… Saperlipopette ! lui voler sa baguette.

De stupeur, sa Magique Majesté en resta bouche bée. Vite la reine en profita pour jeter dans son bec une poignée de bonbons ensorcelés. « Satanic Bonbec ! Maximus Grobec ! Multi Pustulus ! » hurla-t-elle avant de chevaucher son balai. Le roi était maintenant bien embêté. Heureusement qu'il avait un petit téléphone sous sa couronne, et plus d'un tour dans son sac…

Il appela à la rescousse Son Altesse PoiluPoilu, Roi des Sauvages ; puis le brave et téméraire Hardi ! Hardi !, Roi des Chevaliers, et enfin Sa Robustissime Seigneurie le Roi BoumBoum, grand spécialiste de la bagarre. Toc ! Toc ! Toc ! fit ce dernier à la porte du château de la vilaine souveraine. « Hic ! » fit-elle en voyant les trois gaillards. Elle rendit la baguette sans même qu'on la lui ait demandée ! Comme par magie.

Le Roi MagicMagic fut enchanté de retrouver sa prestance, sa baguette étincelante, et tous ses magiques pouvoirs. Il les utilisa aussitôt. Abracadavrrroum ! Abracadafuuzzze ! Voilà le balai de la sorcière qui s'emballe, fonce dans le ciel, telle une fusée, et l'envoie ainsi paître aux confins de l'univers.

Le Roi MagicMagic organisa alors une kermesse fabuleuse au Château des Mille Tours, en l'honneur des trois seigneurs. Il était tellement heureux et avait eu tellement peur. Il invita toutes les altesses, tous les rois et bien sûr n'oublia pas la toute petite Reine MiniMini. Il exauça mille de leurs vœux ! Mille milliards d'étoiles brillèrent dans leurs yeux.

La fête se prolongea tard dans la nuit, mais il fallait enfin rentrer se coucher. Le roi prononça alors une ultime et sublime formule magique, « Abracadodo ! Tobogododo ! » Soudain des toboggans de nuages se formèrent, féeriques ! Chacun eut alors le bonheur de glisser en douceur, tout ensommeillé, tout émerveillé, vers son édredon de plumes au Grand Royaume des Songes !